हरी पत्तियाँ, पीले फूल और सूखा दरख़्त

(कविताएँ)

हरी पत्तियाँ, पीले फूल
और
सूखा दरख़्त

आभा काला

प्रलेक प्रकाशन प्राइवेट लिमिटेड
*in association with JVP Publication Pvt. Ltd.

ISBN : 978-93-90500-22-2

पहला पेपरबैक संस्करण : मार्च 2021

प्रकाशक :
प्रलेक प्रकाशन प्राइवेट लिमिटेड
PRALEK PRAKASHAN PVT. LTD.

वितरक :
जेवीपी पब्लिकेशन प्राइवेट लिमिटेड
JVP PUBLICATION PVT. LTD.
602, आई-3, ग्लोबल सिटी
विरार (वेस्ट), मुम्बई, महाराष्ट्र-401303
दूरभाष : 9833402902 / 7021263557
Email : pralek.prakashan@gmail.com
Website : www.pralekprakashan.com

हरी पत्तियाँ, पीले फूल और सूखा दरख़्त : आभा काला
Hari pattiyan, peele phool aur sukha darakht : *Poems* of Abha Kala

आवरण : जेवीपी पब्लिकेशन प्रा.लि.

पुस्तक सज्जा : जेवीपी पब्लिकेशन प्रा.लि.

यह काव्य संकलन मैं स्नेह और करुणा से ओत-प्रोत अपनी प्रिय माँ को समर्पित करती हूँ। हर व्यक्ति के जीवन में माँ का स्थान एक विशिष्ट महत्व रखता है। माँ अब इस दुनिया से दूर चली गयी है लेकिन मानस पटल में हर पल विध्यमान है।

शत शत नमन!

प्रस्तावना

प्रिय पाठकों

मुझे अपना दूसरा काव्य संकलन प्रस्तुत करते हुए अपार हर्ष हो रहा है। इस संकलन में इक्यावन कविताएँ हैं, जो कि विविध विषयों पर हैं। वर्ष 2020 पूरी दुनिया के लिए एक अनूठा वर्ष कहा जा सकता है। कोरोना वैश्विक महामारी से लोगों की सोच के साथ जीवन शैली में भी परिवर्तन आया। हम सबको अहसास हुआ कि हमारा अस्तित्व प्रकृति और ईश्वर के समक्ष कितना क्षुद्र है। इस वर्ष बहुत लोगों ने अपनों को खोया। इस उदासी के माहौल में मैंने कई कविताएँ लिखी। इस संकलन में जीवन और उसकी सार्थकता पर मेरे विचार आपके सामने आएँगे। कविताएँ केवल प्रेम गीत ही नहीं होती। कवि का दायित्व है कि समाज के ज्वलन्त प्रश्नों का उत्तर तलाश करे। बेटियों के साथ होते अनाचार से बहुत व्यथित हूँ। इस विषय में उठे उद्गार कविता के माध्यम से प्रस्तुत कर रही हूँ। हृदय में बहुत कुछ चलता रहता है, जो कविता बनकर अक्षरों में लिख देती हूँ।

पहला काव्य संकलन 'झुरमुट' में सब विषयों में रचनायें थी, लेकिन शायद इस संकलन में कविताएँ थोड़ी गम्भीर प्रवृति की हैं। संकलन का शीषर्क 'पीले फूल हरी पत्तियाँ और सूखा दरख़्त' जीवन की विभिन्न अवस्थाओं को दर्शाता है। बचपन, जवानी और बुढ़ापा। जीवन को देखने का नज़रिया उम्र के हर पड़ाव में बदलता रहता है। हम सब या तो परिपक्व हो जाते हैं या संकीर्ण।

भोलेनाथ मेरे इष्ट हैं। एक कविता उनको समर्पित है। कहीं न कहीं हम सब उस परम शक्ति को तलाश करते रहते हैं। कुछ रचनाएँ उसी पर केंद्रित हैं। यह संकलन को पूरा बहुत पहले कर दिया था। बस कहानियाँ पूरी कर

रही थी। सोचा था दोनों पुस्तकों को एक साथ प्रकाशित करूँगी। इसी दौरान माँ स्वर्ग सिधार गयीं। मन व्यथित है। यह संकलन को मैंने अपनी माँ को समर्पित किया है। माँ जीवनदायिनी ही नहीं होती, वह जीवन के हर सुख-दुःख की भागीदार होती है। माँ का स्नेह निश्चल और हर कसौटी से ऊपर होता है। आप उसका हिस्सा हैं या वह आपका कहना मुश्किल है। मेरे लिए भावनाओं को व्यक्त करने का कविताओं से बेहतर माध्यम नहीं है।

अनुभवों के आधार पर एक ही बात कहना चाहती हूँ। अपने जीवन को सरल बनाना है या जटिल हर एक व्यक्ति के अपने हाथ में है। कई बार अपनी भावनाओं को ही ऊपर रखने और उनको तवज्जो देने के कारण, हम कहीं न कहीं दूसरों की भावनाओं को नहीं समझते...और इसी संघर्ष से विषमताओं और अकेलापन का सिलसिला शुरू हो जाता है।

जीवन सुंदर ही नहीं, बहुत नायाब है। इसको अपने खोखले अहम और बेकार की बातों में न उलझाएँ। यह पृथ्वी सबके लिए पूरी पड़े। सब सुखी और स्वस्थ रहे। परम पिता परमेश्वर से यही प्रार्थना करती हूँ।

सर्वे भवन्तु सुखिनः सर्वे सन्तु निरामया,
सर्वे भद्राणि पश्यन्तु मा कश्चिद् दुख भागभवेत।
ऊँ शांतिः शांतिः शांतिः

(सभी सुखी होवें, सभी रोगमुक्त रहें, सभी का जीवन मंगलमय बनें और कोई भी दुःख का भागी न बने।

हे भगवन हमें ऐसा वर दो!)

जब तक हम उपनिषद की इस प्रार्थना को अपने जीवन में आत्मसात नहीं करेंगे, सुखी नहीं रहेंगे। हम कभी भी केवल अपने सुख से सुखी नहीं हो सकते हैं।

आशा करती हूँ, आपको यह संकलन पसंद आएगा। आपके स्नेह की प्रतीक्षा में।

शुभेच्छा

आभा काला

क्रम

1. हमारी अम्मा!

हमारी अम्मा का जवाब नहीं।
हम सब बच्चे सोचते थे,
अम्मा केवल हमसे प्यार करती है।
लेकिन अम्मा बड़ी दिल वाली थी।
वह सबसे समान रूप से स्नेह,
का इज़हार करती थी।
सच पूछो तो वह सबकी अम्मा थी।
एक विशाल बरगद के पेड़ जैसी।
हर के सुख से सुखी।
हर के दुःख से दुःखी।
कई बार ख़्याल आता है।
इतनी दरियादिली कहाँ से लायी थी?
शायद वह अलग ज़माने की थी।
अपने लिए कभी सोचती ही नहीं थी।
बस एक ही टीस थी!
अम्मा को पढ़ने की बहुत चाह थी।
शायद उसी कमी को उन्होंने,
अपने बच्चों को पढ़ा कर पूरा किया।
आज लगता है,
मैं दो बच्चों को नहीं सम्भाल पाती।

अम्मा ने आठ बच्चों को सँवारा।
हमारी अम्मा का जवाब नहीं।
किसी को न कभी डाँटा, न कभी हाथ उठाया।
बिना आवाज़ उठाए सबको पार लगाया।
मुझे लगता है अम्मा का साँचा,
अब ईश्वर के पास नहीं।
तभी तो हमारी अम्मा का जवाब नहीं।

2. हमारी यात्रा

ना कोई ताज था।
ना कोई सरताज।
ज़िंदगी में मुश्किलें तो आयी।
हौसलों में कमी न आयी।
सपने तो बुने।
पूरे करने के लिए,
समझौते नहीं किये।
ना किसी से दबे,
ना किसी को दबाया।
ज़िंदगी ने यही सिखाया।
सही रास्ते चलते चलो।
मंज़िलें खुद ही मिलेगी।

3. मेरा परिचय

पलंग के कोने में बैठ,
आज मैने हज़ारों बीते,
पलों का किया हिसाब।
अहसास हुआ ज़िंदगी तो,
काग़ज़ की कश्ती है, जिसे तैरने के लिए,
केवल थोड़े से ही पानी की ज़रूरत है।
फिर क्यूँ इतना आडम्बर रचूँ?
समंदर पाने की इच्छा करूँ?
कमरे की तरफ़ नज़र दौड़ायी।
कुछ पुरानी किताबें,
कुछ पुराने क़लम जिनकी
दवात गयी थी सूख,
कुछ भरे हुए डायरी के पन्ने,
कुछ अधलिखे फैले काग़ज़ दिखे।
क्या यही है बस जीने का सामान?
खुद से किया प्रश्न?
हाँ! दिल ने आहिस्ता से कहा।
अच्छे रिश्तों की खुशबू,

अपनों का साथ।
गरम चाय और मासूम सपने।
यही है मेरा परिचय।

4. रफ़ू कर दिया

आज मैंने कई लोगों का,
मुँह बंद कर दिया।
सालों से फटे रिश्ते को,
रफ़ू कर दिया।
थोड़ी मेहनत तो लगी।
लेकिन दिल की ख़लिश को,
तसल्ली हो गयी।
कुछ लोगों ने फ़रमाया।
सिला हुआ रिश्तों में दरार तो,
हल्की दिखती है।
हमने भी फ़रमाया।
रिश्तों की तासीर,
हर दरार को भर देती है।
यह आपके ऊपर है,
आप कितना वक़्त ओर कशिश से,
सिलते हैं।
वरना अच्छे भले रिश्ते भी।
खुदगर्ज़ी के बोझ से,
पैबंद लगे दिखते हैं।

5. मेरा अफ़साना

आजकल हम बहुत मसरूफ़ हैं।
साँसें ठीक से चल रही हैं कि नहीं,
बस इसी क़वायद में लगे हैं।
दिन फ़िक्र में बीतता है।
रात का आलम कुछ यूँ,
दिन भर का फ़लसफ़ा याद कर,
बेचारगी में निकल जाता है।
हम थोड़ा-सा परेशां हैं सोच कर,
अगर यही जीने का आलम बन गया,
तो उन ख़्वाबों के तसव्वुर का,
क्या होगा जो हमने,
सबकी तल्ख़ नज़रों से छिपाकर,
रख रखा था अब तक।
अपनी खुदगर्ज़ी पर हूँ कुछ शर्मिंदा।
न किसी मय्यत पर शरीक़ हुई।
न किसी तन्हा का साथ दिया।
अपने वजूद को देती हूँ यह तसल्ली।
मैं समय की नज़ाकत के साथ हूँ।

6. हक़ीक़त

उसने मुझसे कई बार पूछा।
मैं ठीक तो लग रही हूँ?
मेरे बाल बहुत कम हो गए हैं?
वज़न भी बढ़ गया है?
चेहरे में झाइयाँ हो गयी हैं?
सच में प्रश्न बहुत नाज़ुक और
संवेदनशील थे।
मुझे थोड़ी हँसी, थोड़ा प्यार और
थोड़ी दया आयी।
हँसी चिंता पर, प्यार मासूमियत में।
दया इसलिए कि क्या औरत का,
अस्तित्व इन परिधियों में निहित है।
मैंने थोड़े संयम से अपनी बात रखी।
आप क्या वह सब नहीं देख रही,
जो इन सब शारीरिक बदलाव से
अर्जित हुआ?
मसलन?
बच्चों का वयस्क होना।
उन्हें अच्छे नागरिक बनाने में,
आपका योगदान।

मकान को घर और,
घर को मंदिर में तब्दील करने में,
आपका श्रम और उत्साह।
अन्नपूर्णा बनने का सौभाग्य।
हर मुश्किलों से परिवार को बचाना।
इन सब उपलब्धियों के आगे
अब क्या रह जाता है?
शरीर का जीर्ण होना निश्चित है।
जीने की इच्छा नहीं जीर्ण होनी चाहिए।

7. सखी रे! तू ही बता

सखी रे! तू ही बता।
भीगा तन तो पोंछ लिया।
रीता मन कैसे पोंछूँ?
रिश्ते बेमानी हो तो तोड़ दूँ।
उसके ज़ख्मों को कैसे सींचूँ?
पैबंद तो सुई धागे से सी दूँ।
दिल के बिखरे तारों को किससे जोड़ूँ?
सखी रे! तू ही बता।
बातों को अक्षर में तब्दील करूँ।
सन्नाटे की भाषा को कैसे पिरोऊँ?
जाड़े की सिरहन को ताप से कम कर लूँ।
मन की ठंडक को कैसे दूर करूँ?
दुनिया को झूठ से बहला लूँ।
रूह को कैसे मरोड़कर बस में करूँ?
सखी रे! तू ही बता।
निर्भीक बन ज़ालिमों से तो लड़ लूँ।
मन के भीतर बैठे डर को कैसे जीतूँ?
इस रीते मन को क्या समझाऊँ?
कोई उपाय बताओ।
सूरज की तपिश से

क्या रीता मन सूख पायेगा?
या मन में दबे कई सवालों से,
रीता ही रह जायेगा।
सखी रे! तू ही बता।

8. परेशानी

एक छोटी-सी परेशानी है।
उसने संकोच के साथ बोला।
मुझे थोड़ा आश्चर्य हुआ।
सबको अपनी छोटी परेशानी
भी बड़ी लगती है।
पहली बार कोई,
अपनी परेशानी को छोटा बता रहा है।
मेरी उत्सुकता जागी।
बताएँ।
मेरा माँझी मुझे परेशान कर रहा है।
मैं उसी में जीती हूँ,
लेकिन लगता है, यह सही नहीं।
क्या आपको भी माँझी परेशान करता है?
मैंने कहा—नहीं! अब परेशान नहीं करता।
मैंने उसके साथ जीना सीख लिया है।
किसी न किसी मुक़ाम में,
हमें फ़ैसला करना पड़ता है।
हम माँझी को कितनी तवज्जो दे।
अगर हम वर्तमान में,
जीने की आदत नहीं डालेंगे,

तों हक़ीक़त से रूबरू नहीं हो पाएँगे।
माँझी चाहे बुरा हो या अच्छा,
वह केवल!
तब तक सही है।
जब तक हावी न हो जाए।
जीना वर्तमान में ही चाहिये।
लोगों की परेशानी यही है।
ज़िंदगी को वर्तमान में नहीं जीना।

9. मित्र कैसा होना चाहिए?

एक महफ़िल में हमसे किसी ने,
पूछा एक सवाल।
मित्रता कैसे लोगों से करनी चाहिए?
हमने कहा!
मित्रता और मुहब्बत एक जैसी होती है।
यह की नहीं जाती,
बस हो जाती है।
यह रिश्ता बहुत पाक और प्यारा है।
मन से जुड़े रिश्ते नाप तोल की,
परिधि में नहीं आते।
वह तो व्यापार कहलाते है।
मित्र, दोस्त, सखा का दर्ज़ा बहुत ऊँचा है।
अगर मित्र के सुख से सुख न मिले।
दु:ख से मन दु:खी न हो।
तो यह रिश्ता पानी के,
बुलबुले की तरह बेमानी है।
मित्र बनाना तो सरल है।
मित्रता निभाना कठिन है,

मित्र तो बूढ़े हो जाते हैं,
मित्रता बूढ़ी नहीं होती।
इसलिए सब मित्र नहीं हो सकते।
परिचित कहना बेहतर होगा।

10. मुहब्बत क्या है?

हमसे किसी ने पूछा—
मुहब्बत क्या होती है?
हमने फ़रमाया।
मुहब्बत इक पाक़ीज़ा अहसास है।
यह चंदन की लकड़ी की तरह है।
जितनी उम्र गुजरती है,
रिश्तों में उतनी खुशबू लाती है।
मुहब्बत में मैं और तुम की,
दीवार नहीं होती।
उसमें हम का आकाश होता है।
मुहब्बत हिसाब नहीं माँगती।
न ही इसे जागीर की चाह होती है।
केवल साथ माँगती है।
मुहब्बत समझौता नहीं।
यह न तो फितूर है।
न ही कशिश।
यह रूहानियत है।
ऐसा समझो दो शख़्सों की,
एक साथ जीने की गुज़ारिश है।
मुहब्बत बारिश की तरह मस्त है।

जो सराबोर कर देती है।
मुहब्बत के सितम भी अनेक हैं।
यह इस क़दर आग़ोश में भर लेती है।
उसकी गरमी से ही ख़ुशनुमा जीवन
जी सकते हैं।
मुहब्बत का कोई दाम नहीं।
कोई पता नहीं।
कोई आयाम नहीं।
कोई सरमाया नहीं।
मुहब्बत बस हो जाती है।

11. मैं कौन?

यह क्या कर रही हो?
उबड़-खाबड़ ज़मीन को
हाथों से खोदते देख,
आगंतुक ने कुछ हैरानी से पूछा।
कुछ क़ीमती गिर गया क्या?
हाँ! मैंने कहा।
क्या?
यह पेड़ जो अब नहीं रहे
उनकी जड़ों को तलाश कर रही हूँ।
वह हँसा।
क्यूँ?
जो ज़मीन में कहीं दब गए हैं,
उनकी कहानी किस्से सुनाऊँगी
उनको फिर से इंसाफ़ दिलाऊँगी।
अरे! तुम इन खंडहरों में क्या कर रही हो?
आगन्तुक ने हैरत से पूछा?
मैं साफ़ कर रही हूँ।
क्यूँ?
मैं दिया जलाऊँगी।
क्या?

हाँ! इन खंडहरों में कई राज है छिपें
उन्हें सुनना है और सुनाना है।
इन खंडहरों में वर्षों दिए थे जले
उन्हें फिर से है जलाना।
अरे! तुम यहाँ भी?
हाँ! यह अध-जली हुई देह
कुछ कहना है चाहती।
उसे सुनने को आयी हूँ।
कुछ सपने जो रह गये थे अधूरे,
उन्हें उनके अपनों को बताने का
वादा कर आयी हूँ।
अरे! तुम क़ब्रिस्तान भी पहुँच गयी?
हाँ!
क्यूँ?
आगंतुक कुछ झुँझलाया।
जो क़ब्रों में कई बरस पहले हुए दफ़न
उनके जगह पर कई और
क़ब्र हो चली हैं खड़ी।
तो?
मैं पूरानी क़ब्रों की आवाज़ को
कर रही हूँ तलाश।
उनके अपनों को बताना है कुछ ख़ास।
तुम आख़िर हो कौन?
आगुंतक ने सख़्ती से पूछा।
सच-सच अपना नाम और काम बताओ।
मैंने हँसकर बताया।
मैं हूँ समय।
मैं हूँ काल।

मैं भुला दिया गया वह इतिहास,
जिसे किसी ने नहीं करा क़लमबंध।
मैं तुम्हारा ग़रूर।
मैं तुम्हारी आत्मा की आवाज़।
मैं सच की परिभाषा।
मैं सदियों की खोज।
मैं वह भूली-बिसरी यादों की सौग़ात।
मैं ही भूत।
मैं ही वर्तमान।
मैं ही भविष्य।
आयी हूँ याद दिलाने
इतिहास के भूले हुए क़िस्से।
ज़र्रे-ज़र्रे की कहानी की वह कड़ी,
जो तहख़ानों की सिसकियों में
दब गयी है कहीं।
मुझे पहचान सको तो अच्छा।
क्या मिल गया क्या तुम्हें
अपने प्रश्नों के अब सब जवाब
क्यूँ हर जगह मैं!

12. एक माली

एक माली अकसर पूछा
करता था।
बाग़ के फूल कैसे लगे?
मुझे उसकी उत्सुकता बहुत थी भाती।
मैं कहती!
तुमने तो कमाल कर दिया।
पूरे बाग़ को रंगों से,
मालामाल कर दिया।
तुम हो सच्चे और अच्छे।
ईश्वर ने यह अपना डेरा है बसाया।
देखो न!
रंग बिरंगी तितलियाँ हैं आयी।
कितने तोते, कौए और कोयल
शोर मचा रहे हैं।
झूम-झूम कर,
मानो पूरे संसार को,
बाग़ का पता बता रहे हैं।
माली ख़ुशी में झूम उठता।
पूरे दिन तन्मय होकर काम करता।
जीवन भी बाग़ की तरह है।

हम सब हैं इसके माली।
अब यह है सोचने की बात।
खुश होकर फूल खिलाएँ,
या दुःखी रहकर नागफनी।

13. ज़िंदगी क्या?

ज़िंदगी कभी बिल्कुल,
निष्पक्ष नहीं होती।
ज़िंदगी सीधे-साधे,
रास्तों में भी नहीं चलती।
ज़िंदगी किसी के,
दंभ के आगे नहीं झुकती।
ज़िंदगी परिंदों की तरह,
स्वच्छन्द भी नहीं होती।
ज़िंदगी हमसे नहीं पूछती,
क्या चाहिए?
ज़िंदगी हमको बताती है।
क्या मिलेगा।
ज़िंदगी ग़मों को भी देती है।
ज़िंदगी ख़ुशियाँ से भी,
भरपूर भर देती है।
ज़िंदगी को जीना कैसे है?
यह हमारे हाथ में है।
हँसी ख़ुशी या दुःखी-दुःखी।
तनाव में या ज़िंदादिली से।
लड़ते-झगड़ते या,

प्यार-मुहब्बत के साथ।
ज़िंदगी को हँस कर अपनाओ।
अपने को सम्भालो।
दूसरे खुद सम्भल जाएँगे।
ज़िंदगी जीने का नाम।

14. फिर याद आयी

आज पुरानी तस्वीरों का ज़खीरा हाथ लग गया।
यूँ लगा मानो बीते पलों को फिर से,
जीना का औज़ार मिल गया।
बचपन से जवानी तक की,
तस्वीरों ने इन्द्रधनुषी रंग कुछ
यूँ सजाएँ।
चेहरे पर कभी ख़ुशी, कभी
ग़म के बादल मँडरायें।
जो दुनिया से रूखसत हो गए।
उनकी तस्वीरें देख आँखें भर आयी।
बचपन के टेढ़ी-मेढ़ी तस्वीरों को देख सचमुच
बहुत हँसी आयी।
अपनी युवावस्था की तस्वीर देख
हल्की सी टीस उठी।
फिर! यह सोच कर थोड़ी ख़ुशी हुई,
चलो कभी हमारी इमारत भी बुलंद थी।
सब भाई बहनों की विवाह की,
तस्वीरें देख बहुत सारी मधुर यादें .
फिर से ताज़ा हो गई।
सचमुच यह तस्वीरों के बार-बार,

देखने का अलग ही मज़ा है।
बहुत सारी खट्टी-मीठी बातों का,
मानो यह एक फ़लसफ़ा है।

15. मेरी तमन्ना

मुझे बाग़ों में नहीं सजना।
नुमाइश का हिस्सा नहीं बनना।
तालियाँ और प्रशंसा की भी,
चाहत नहीं।
मुझे जंगलों में बेबाक़,
बेतरतीब खिलना है।
खुली हवा के साथ,
हिलना डुलना है।
मेरे अस्तित्व को बचाने वाले,
हाथ मुझे नहीं चाहिए।
मुझे खुद से गिरना,
उठना या मर मिटना है।
मुझे सोने के पिंजरों में,
क़ैद पंछी नहीं बनना।
खुले नीले आसमाँ की,
ऊँचाइयों में है उड़ना।
मुझे ऊपर से नीचे गिरने के
ख़तरों का है आभास।
फिर भी!
मुझे मौसम के,

बदलने का डर नहीं।
मुझे तन्हाई में,
दफ़्न होनी के फ़िक्र नहीं।
मुझे बस एक ही हसरत।
खुद को खुद से मिलाने की तमन्ना।
रेत में, बर्फ़ में, सूखी नदी में,
अपनी किश्ती में घूमने की इच्छा।
मैं अपनी कहानी खुद ही लिखूँ।
उसी में जियूँ और उसी में मरूँ।

16. अजीब बात

उन्होंने कहा—
अगर तुम मेरे विचारों से असहमत हो,
तो हमारा कोई मेल सम्भव नहीं।
हमें थोड़ा अजीब लगा।
यह कैसी शर्त है?
यह तो पराधीनता है।
हमने सोचा—
ऐसे व्यक्तित्व क्या रिश्ता निभा पाएँगे?
जो स्वयं से ही प्रेम करे।
वह ज़िंदगी में कुछ नहीं त्याग पाएँगे।
संकीर्ण मानसिकता से,
किसी का भला नहीं होता।
यह केवल एक विचार का धोखा है।

17. उम्मीद

सोचा था!
कुछ मुख़्तलिफ़,
ज़िंदगी बसर करेंगे।
अपनी रफ़्तार से जिएँगे।
महरूम और मज़लूम के
ख़ैरनुमा बनेंगे।
लेकिन खुद की अजिय्यतो में,
कुछ यूँ फँसे।
सब फ़लसफ़े धरे के धरे रह गए।
हमें इल्म है।
ज़िंदगी मुख़्तसर है।
लेकिन वस्ल को कौन समझाए?
किसी मौतज़्ज़ा का इंतज़ार है।
इसी उमीद में ज़िंदा है।
क्या यह बेख़ुदी तो नहीं?
इसमें कुछ ग़लत तो नहीं?

18. बरसात की बूँद

यह दुपहर का समय।
ख़ामोशी का आलम।
और फिर हौले से बारिश का आना।
मधुर गीत गुनगुनाना।
फ़िज़ा का मुस्कुराना।
इस अहसास को जगाना।
कोई है जिसके आने से।
प्रकृति के थिरकने की आवाज़ है आती।
बारिश की बूँद कभी ज़ोरों से।
कभी होले-होले मुस्कुराती।
यह बादलों और बारिश का इश्क़।
कायनात को आग़ोश में लेने को बेक़रार।
ज़र्रा-ज़र्रा रक़्स की तरनुम्म में।
हर ओर तबस्सुम का आफ़ताब।
इस कशिश और उन्स से,
हम कब तक रहे महरूम?
हमें अपनी क़ैफ़ियत और,
फितूर पर इख़्तियार कहाँ?
यह गिरती बरसात की बूँदें,
कह रही है ज़िंदगी संजीदा,

होने के लिए नहीं।
अपने अक्स पर लिपटी,
ग़म की चादर को हटाओ।
तक्कुलफ में कब तक रहोगे?
ऐसा न हो कहीं यहीं न बन जाए,
जीने का सबब।
गिरती बारिश की बूँदों के साथ,
वाबस्ता हो जाओ।

19. एक ख़्वाब

कल नींद में एक,
हसीन ख़्वाब दिखा।
आमवस्या की रात में,
पूर्णमासी का चाँद दिखा।
काले स्याह आसमाँ में,
अनगिनत झिलमिलाते तारे दिखे।
नदी के पानी में सुनहरी,
मछलियों की क़तार।
ऐसे लगी मानो बारात में,
जाने के लिए है निकली।
सर्द हवा में झींगुरों की तान सुनी।
कोहरे की चादर में लिपटे पेड़ों से,
तालियों की गड़गड़ाहट मानो गूँज उठीं।
चींटियों का क़ाफ़िला दिखा।
मानो फ़तह की तैयारी करने है चला।
पंछियों की अलसायी बोल भी सुने।
मानो नींद में अधजगे कोई प्रलाप करे।
पत्तियों में जुगनू दिखे।

मानो क़ायनात में दिये है सजे!
काश! ऐसे सुंदर ख़्वाब रोज़ आये।
जो नींद को भी ख़ुशनुमा बनाये।

20. शरारत

ईश्वर ने थोड़ी-सी शरारत की।
सरस्वती को लक्ष्मी से।
लक्ष्मी को सरस्वती से दूर किया।
हाथी को बड़ा-सा शरीर।
चींटी को छोटा-सा दिया।
चींटी को हाथी का।
सबसे बड़ा ख़तरा भी बना दिया।
इतने बड़े वृक्ष खड़े किए।
दीमक बना दी, जिससे वह नष्ट हुए।
पहाड़ के लिए बादल बना दिए।
जो जब फटे तो उनको बहा ले चले।
नदियों को मनमौजी बना दिया।
फिर उन सबको समुद्र में समा दिया।
इतनी ठंड फैलायी,
सब बर्फ़ बन गए।
फिर इतनी गरमी फैलायी,
सब पिघल गए।
कहीं इतनी वर्षा दी,
हर चीज़ डूब गयी।
कहीं उसके अभाव में,

रेगिस्तान में तब्दील हुई।
चंद्रमा को शीतल बनाया,
उसको कभी बढ़ाया कभी घटाया।
पक्षियों को कलरव सिखाया,
साँपों का डर दे दिया।
रंग-बिरंगी तितलियाँ बनायी,
लेकिन जीवन सूक्ष्म किया।
गली के कुत्ते-बिल्ली को,
उनके हाल पर छोड़ दिया।
जिनको महल दिया,
उनको साथ अकेलापन दिया।
जिनके पास घर नहीं।
उनको लोगों से भर दिया।
जिनको विश्वास दिया,
उनको तर्क नहीं।
जिनको बुद्धि दी।
उनको सरलता नहीं।
जो सच्चे-सीधे उनकी,
जीवनपर्यंत परीक्षा ली।
मनुष्य को जब तक,
संसार समझ आता।
उसको ज़रा व्याधि दे दिया।
ऐसी शरारत क्यूँ की?
हरि अनंत हरि कथा अनंता।

21. नशा किसका?

यह नशा क्या है?
नशा किससे होता है?
नशा प्रत्यक्ष या अप्रत्यक्ष हो सकता है।
नशा पद का।
नशा कुल का।
नशा प्रतिष्ठि का।
नशा धन का।
नशा रूप का।
नशा विद्या का।
नशा सत्य का।
नशा झूठ का।
नशा भांग का।
नशा मदिरा का।
नशा परोपकार का।
नशा हिंसा का।
नशा द्वेष का।
नशा निंदा का।
कोई भी भाव जब दिल या दिमाग़ में,
हावी हो जाए तो नशा है।
बस ईश्वर-भक्ति का नशा,

कोई नुकसान नहीं करता।
प्रभु प्रेम जो आनंद प्रदान करता है,
वह चिर स्थायी है।
बाक़ी सब भाव का नशा क्षणिक है।
अगर नशे में रहना चाहते हो,
तो सरल बनो।
लोग तुम्हें मूर्ख भी समझ सकते है।
लेकिन तुम्हारा सरल प्रेम,
ईश्वर को प्रिय है।
ईश्वर प्रेम का नशा करके को देखो!

22. परिंदों की ज़िंदगी

कुछ दिनों से मैं परिंदों को,
घोंसले बनाते देख रही थी।
सब अलग-अलग तरीक़े से,
यत्न कर रहे थे।
कौआ बड़ी डंडियों को,
बटोर रहा था।
बेतरतीबी से उनको,
जोड़ रहा था।
बड़े से पेड़ में हड़बड़ी में,
जैसे-तैसे उसने घर बनाया,
मादा को कुछ संकोच से दिखाया।
उसने घूम-घूमकर मुआयना किया।
काऊँ-काऊँ बोलकर हाँ कर दिया।
उसी पेड़ के ऊपर बैठी कोयल ने,
तिरछी आँखों से!
मन ही मन अपने से सलाह की।
मादा कौए ने अंडे दिए और,
फिर निश्चिंत होकर,
इधर-उधर मंडराने लगी।
कोयल ने चुपचाप ताड़ा,

जैसे ही मौक़ा मिला,
जाकर अंडे दे डाले।
फिर लम्बी तान भरी और उड़ चली।
गिलहरी कोटर में बैठ सब देख रही।
उसने सर हिला कर मुँह बिचकाया।
बया को तो बहुत समय है लगता।
वह तो मानो कोई विशेष,
अध्ययन कर के है आयी।
शायद इसीलिए!
गरमी, सर्दी और बारिशों के लिए,
अलग तरह का घोंसला है बनातीं।
एक दर्ज़ी चिड़ियों का जोड़ा दिखा।
करोंदे के पेड़ को उस छोटी सी,
चिड़िया ने है चुना।
पत्तियों-सी ढँकी टहनी को,
पहले अच्छे से परखा।
फिर बैठ गयी।
उसने रुई,तागा,पत्तों के रेशे
कई सारी और चीज़ इकट्ठा करी।
सुंदर-सा घर सिलने पर लग गयी।
यह देखकर मुझे बहुत आश्चर्य हुआ!
आदमी हो या पक्षी,
कोई-कोई कितने मन से,
तल्लीन होकर काम हैं करते!
कुछ दूसरों के बल पर ही,
जीवन में ऐश हैं करते।

23. क्या करूँ?

हम कुछ अपने मसलों में,
ऐसे क़ैद हुए,
दूसरों के ग़मों को देख आँसू भी न बहे।
मुझे कोई महफ़ूज़ जगह की तलाश है।
जहां ख़ौफ़ज़दा बेटियाँ,
मस्त होकर जी सके।
मुझे उन पाक नज़रों की तलाश है।
जो तमाम बेटियों को इज़्ज़त से देखे।
मुझे उन पढ़े-लिखे लोगों की,
तलाश है जो,
तोहमतों से बेटियों को बक्श दे।
मुझे उस आवाम की तलाश है।
जो हर दरिंदे को सजा-ए-मौत दे।
मुझे उस आसमाँ की तलाश है।
जहाँ खुल कर बेटियाँ साँस ले सके।
मुझे अब दर्द नहीं होता!
मेरे आसूँ शायद सूख गए हैं!
मुझे अब क्रोध आता है!
मुझे कोफ़्त होती है!
अपने को एक माँ कहलाने में,

शर्म महसूस होती है।
मुझे नहीं समझ आता!
यह समाज को कैसे समझाऊँ?
बेटियों को कैसे बचाऊँ?

24. उठ जाओ

अब सब आराम करो।
जब तक कोई और न मरे।
बिना बात न परेशान हो।
ऐसा ही तो हम करते आए।
फिर आज क्यूँ मन व्यथित है?
समझो यह संकेत है।
उठने का कुछ करने का।
मोमबत्ती जलाकर कुछ न होगा।
कुछ दरिंदे पकड़े जाएँगे।
कुछ वर्षों बाद कुछ बचेंगे।
कुछ बचाए जाएँगे।
क्या तुम डर कर बेटियों को,
घर के अंदर क़ैद करोगे?
क्या तुम सब माँ-बाप मिलकर
मुट्ठी भर लोगों के आगे झुकते रहोगे?
कब तक आहत ही होते रहोगे?
सब मिलकर संकल्प करो।
मुहल्ले, गली के गुंडों की पहचान करो।
सब मिलकर लड़ाई लड़ो।
एकता की ताक़त को पहचानो।

घर के हत्यारों से बेटियों को,
बचा न पाओगे।
तो देश को ख़ाक बचाओगे?
सोचो!
बेटियों को मन से ही नहीं,
तन से भी फ़ौलाद बनाना है।
इस संकल्प को चिता पर न चढ़ाओ!
सोचो। उठ जाओ!

25. क़ीमत बताऊँ?

शोहरत, दौलत, इज़्ज़त,
बहुत बड़ा दाम माँगती है।
ज़मीर को दफ़्न करने का,
इल्ज़ाम माँगती है।
यह ख़ुदगर्ज़ी की सीढ़ी का,
पायदान माँगती है।
झूठ और फ़रेब की,
तालीम माँगती है।
अपनों से दूरी,
रिश्तों को हवन करने का,
सामान माँगती है।
अहसानों को पैरों तले रौंदने की,
इजाज़त माँगती है।
ग़रूर का मुकुट पहने,
अकेलापन की बिसात पर बैठ,
आदमी को बेमानी बनाने का,
सुरूर माँगती है।
जिसको पाने के लिए,
पूरी क़ायनात रहती है बेताब,

उस बेताबी की बहुत बड़ी क़ीमत माँगती है।
अगर मुफ़लिसी से हो गए हो बेज़ार।
तो फ़ना हो जाओ यारों!

26. वाह! भोलेनाथ

यह कैसों वेश बनायो भोलेनाथ?
मय्या मैना घबराये छिपे गयो हैं।
दूल्हे बने क्यूँ देखियाओ यह रूप?
शिव तुम तो विलक्षण कहलायो।
क्या मय्या को संसार का दर्शन
समझाएं रहे हो?
तुम भये मस्त मौजी।
खुले हाथन से भक्तों पर जग लुटाये रहे।
रावण के तप से हुई प्रसन्न
पूरी धरती ही पकड़ाये दिये हो।
जगत जननी पार्वती को
नन्दी बाबा की पीठ में बैठाये
कैलाश की सैर कराये रहे हो।
यह जो श्मशान की राख
शरीर पर लपटाए
गले में सर्पों की माला झुलाये रहे हो।
चहूँ ओर गणों की सेना फैलाए
क्या मूढ़न को समझाए रहे हो?
शिव सत्य है, सत्य शिव है
शिव ही सुन्दर है।

डमरू बजाए ब्रह्मांड को
बस नचाये रहे हो।
भक्तन करे जल और बिल्व पत्र अर्पण
तुम प्रसन्न हुए अपने में समाए रहे हो।
तीसरी आँखन को खोलन का
मन तो नहीं बनाए रहे हो?
यह कैसो वेश बनायो भोलेनाथ?
सबको डराए रहे हो।
गंगा मय्या को जटाओं में घुराये रहो।
चन्द्रमा को सर पर सजाए रहो।
विष पिये नीलकंठ कहलाये रहो।
तुम सबसे बड़े प्रेमी इस ब्रह्मांड के,
यही कारण अर्धनारीश्वर कहलाये रहे।
तुम सबसे बड़े योगी भये हो।
योगियों में आदियोगी कहलाए रहो।
भोलेनाथ तुमहऊ महिमा हम क्या जाने?
तुम सबको नाच नचाए रहो।
यह रुद्राक्ष की माला,
कानों में कुण्डल पहन,
आपन को जो सजाए रहे हो।
त्रिशूल को हाथन में थामे
क्या असुरों को धमकाए रहे हो?
भोलेनाथ हम भक्तन भी अब जान गए
तुम मन ही मन मूँढ़न को देख मुस्कुराए रहे हो।
यह कैसो वेश बनाए भोलेनाथ?

27. नर्मदा की कहानी

आज फिर एक रोचक कथा,
मैं सब को सुनाने आयी।
सदियों से बहती माँ नर्मदा की,
कुछ भूली कुछ बिसरी याद,
मानस पटल पर है छायी।
यह एक अद्‌भुत कथा।
कैसे नर्मदा बन गयी एक पवित्र नदी।
एक बार महादेव ने,
अमरकण्टक में था,
अपना डेरा जमाया।
सुंदरता देख महादेव का मन हुआ मस्त।
वह ध्यान में हो गए लीन।
समाधि में डूबे शिव के शरीर से,
बहने लगी पसीने की धारा।
वह एक कुंड में जा समायीं।
फिर उसने लिया,
एक कन्या का रूप।
वही महादेव की पुत्री नर्मदा कहलायी।
नर्मदा ने किया घोर तप।
शिव ने प्रसन्न होकर,

दिया यह वरदान।
हर एक पत्थर जो उसके,
जल को करेगा स्पर्श।
बन जाएगा शिव का अवतार।
नर्मदा के कण-कण में,
शिव का वास।
इसका हर एक पत्थर,
कहलाता नर्मदेश्वर।
जो सबसे पवित्र।
पूजित शिवालय और घर-घर।
इसकी आगे की कथा भी सुन लो।
नर्मदा की कहानी है दुःखद।
एक खूबसूरत-सी जगह,
जिसको कहते हैं, अमरकंटक।
सतपुरा और विंध्या की पहाड़ी,
के मिलन का यह देश।
इन्हीं पर्वत श्रृंखलाओं के बीच में,
रहता था मैकल नरेश
उनकी पुत्री नर्मदा को हो गया प्रेम,
उसी पहाड़ी में बसे सोनभद्र से।
पिता ने किया दोनों के विवाह का विचार।
नर्मदा सोनभद्र का कर रही,
बेसब्री से इंतज़ार।
सखी जुहिला को भेजा उसने,
पता लगाने।
लेकिन जुहिला और सोनभद्र में
हो गया प्यार।
यह सब देख,

नर्मदा को आया इतना अधिक क्रोध,
अविवाहित रहने का किया प्रण,
और अपनी दिशा दी बदल।
यह एकमात्र नदी,
जो पश्चिम दिशा की तरफ़ है चलती।
यह कहानी मेखला की
पहाड़ी में है सुनायी जाती।
तभी से इन पहाड़ी में तीन नदियाँ
नर्मदा, सोन और जुहिला हैं बहती।
प्रेम की थी शायद यही नियति।

28. कृष्ण कथा

देवकी की पीड़ा,
इस उम्मीद में कम हुई।
उसका लाल सुरक्षित रहेगा।
सात संतानों की मृत्यु से,
वह क्षीण तो हो गयी थी।
लेकिन विवेकशून्य नहीं हुई थी।
यशोदा को अभिज्ञान नहीं था।
जो लल्ला बगल में सोया है,
वह उसका अपना नहीं।
नंद बाबा का हृदय इतना विशाल कि,
जब वासुदेव ने भयाविनि,
आषाढ़ मास की अष्टमी को,
आधी रात में द्वार खटखाया।
टोकरी में लेटे दिव्य शिशु को सौंपा,
तो उन्होंने बिना कोई सवाल करे,
उसी रात जन्मी पुत्री को सौंप।
शिशु को यशोदा के बगल में लिटा दिया।
मूसलाधार वर्षा और विकराल हुई,
काली यमुनाजी को बिना डरे,
वासुदेव ने पार कर लिया।

कारागार में देवकी की गोद में,
कन्या डाल दी।
माता यशोदा की पुत्री का वध,
कंस ने करने का प्रयास किया,
लेकिन देवी उसके हाथों से निकल
आकाश में चली गयीं।
कंस को मारने वाला
पृथ्वी पर सुरक्षित रहा।
माता यशोदा और नंद बाबा को,
नौ वर्षों का जो असीम सुख और
आनंद प्राप्त हुआ,
वह अतुलनीय है।
गोप-गोपिका और राधा रानी का प्रेम,
आज भी ब्रज भूमि की,
घट-घट में बसे हुए है।
कृष्ण उनसे फिर कभी नहीं मिले।
इस परलौकिक कथा को क्या नाम दूँ?
मातुल वध कर मथुरा को करा धन्य।
माता देवकी-पिता वासुदेव और
मथुरा के राजा उग्रसेन को किया मुक्त।
फिर लम्बा संघर्ष और बने द्वारिकाधीश।
पांडवों का सारिथ्य का उठाया भार।
महाभारत का युद्ध,
धर्म की स्थापना का संकल्प।
गीता का ज्ञान था,
मनुष्य के मन के अँधेरे,
मृत्यु के डर का समाधान।
कृष्ण का संसार और लीला

क्या है साधारण?
कृष्ण थे ईश्वर,
जिन्होंने लिया मनुज अवतार।
कृष्ण की कथा अनेक।
चरित्र बेशुमार।
कृष्ण ने जन्म लिया,
धर्म और मानवता के विकास के लिए।
यह है सार में कृष्ण का इतिहास।

29. तुम और हम

तुम डाल-डाल।
मैं पात-पात।
तुम पुष्प। मैं मकरंद।
तुम शिशिर। मैं वसंत।
तुम पथरीला पहाड़,
मैं इठलाती नदी।
तुम शीतल पवन,
मैं तपती वसुधा।
तुम बादल। मैं वृष्टि।
तुम समुद्र। मैं ऊर्मि।
तुम अम्बर। मैं पाताल।
तुम पंछी। मैं कलरव।
तुम दिया। मैं बाती।
तुम नाद। मैं स्वर।
तुम भास्कर। मैं किरण।
तुम शशि। मैं ज्योत्सना।
तुम तारे। मैं प्रकाश।
तुम तरु। मैं छाया।
तुम ईश्वर। मैं माया।
तुम संसार के जनक।

सृजन का यह अद्भुत लोक।
तुम घट-घट में समाए।
तुम अणु-अणु में व्याप्त।
तुम डाल डाल।
मैं पात-पात।

30. नया दस्तूर

आजकल हमने नया,
दस्तूर शुरू किया है
दूसरों पर नहीं खुद पर,
हँसना शुरू किया है।
इस नए नुस्ख़े ने कमाल किया,
नासाज़ तबियत को गुलज़ार कर दिया।

31. शोर

यह शोर जो सुनायी दे रहा है।
क्या हमदर्दी का है?
या वेदना का?
या यह शोर उस होड़ का,
जो मची हुई है चारों तरफ़।
यह समझने की बात है, कि सच में,
यह तुम्हारे हक़ की लड़ाई है।

32. ज़िंदगीनामा

यह ज़िंदगी ज़ालिम भी है।
जब यह सर पर चढ़ाये,
तो उन्माद में न बह जाना।
युग बीत गए, समाज नहीं बदला।
आज भी औरत की अस्मिता,
महताब की तरह है।
बस एक चिंगारी ही तो चाहिए।
हर एक दर्द का जवाब उसे ही तो देना है।
क्यूँ हुआ?कैसे हुआ?क्या करा था?
इन तमाम प्रश्नों को सहना है।
हम जैसी चंद पढ़ी-लिखी,
औरतें भी उसी भीड़ में शुमार है।
हर उम्र के पड़ाव में दामन को,
बचाने की ही क़वायद है।
अगर अपना हक़ माँगे तो,
चरित्र पर छींटे पड़ेंगे।
अगर चुपचाप सहते रहे,
तो बेड़ियों में जकड़े रहेंगे।
क्या कोई रहनुमा आएगा?
नहीं! इस भूल को सुधार

लेना ही बेहतर है।
बस! एक ही बात है!
औरत को सबसे पहले
औरत को ही समझना है।
जब तक यह समझ रहेगी अधूरी,
औरत युगों तक एक धुंधली
अक्स की छाया में ही दम,
तोड़तीं रहेंगी।

33. हलचल

हर तरफ़ हलचल है।
यह ज़िंदगी की नहीं मौत की है।
जो आज तक ख़ामोश थे।
शायद मेरे जाने के बाद मुँह खोले।
यह बस्ती है, मुर्दों की।
हर कोई को फ़िक्र सिर्फ़ अपनी।
यहाँ हँसने और रोने के मिलते हैं पैसे।
सिर्फ़ आप हैं और आप हैं।
बाक़ी सब तो चेहरे के ऊपर,
लगाए हैं कई चेहरे।
यह जगह बिकाऊ है।
ख़रीददार बस बड़ा हों।
इस तन्हाई में कब तक कोई करे
किसी के आने का इंतज़ार।

34. मेरे जनाज़े

मेरे जनाज़े में कौन
शरीक हुआ।
इस बात का मुझे है इल्म।
किसने मेरे बारे में क्या कहा?
इस बात का भी मुझे है इल्म।
लेकिन जब मैं था ज़िंदा,
नहीं था कोई हमदर्द,
जो हाल मेरे दिल का सुनता।
किसी के पास न था दम,
जो मेरे साथ होता खड़ा।
आज जब मैं हुआ राख।
हर कोई बढ़ चढ़ कर,
कंधा देने को है बढ़ा।
यही है जीवन की सच्चाई।
अपने को खुद मज़बूत करो,
अपने से करो इतना प्यार।
अपने से जुदा होने का कभी न आए ख़्याल।

35. एक स्वर

सन-सन हवा चले।
कल-कल नदी बहे।
गड़-गड़ बादल गरजे।
हूँ-हूँ पेड़ हिले।
ऊँ-ऊँ भौंरे गुनगुनाए।
हिन-हिन गाये रम्भाए।
पियू-पियू पपीहा बोले।
कुहू-कुहू कोयल गाए।
टिप-टिप वर्षा पड़े।
छपक-छपक बच्चे कूदे।
टन-टन घंटा गूँजे।
खन-खन चूड़ी छनके।
छन-छन पायल झनके।
स्थिर हो जाओ!
सब ध्वनियों,
ऊपर कान लगाओ।
मन के अंदर झाँको।
एक आवाज़ सुनायी देगी।
यही है वह नाद!
अ-उ-म् (ओम्) का स्वर।

ध्यान लगाओ।
थम जाएगी हलचल।
होगा शांति का अहसास।
परम सत्य!

36. तनाव है

उल्टे पड़े ग्लास,
अधजली सिगरेट,
माचिस की जली तीलियाँ,
बिखरे अख़बार।
यह क्या है?
मैंने पूछा!
जवाब मिला।
तनाव है।
बिखरे बाल,
कपड़ों के ढेर,
किताबों में धूल की परत,
उदास घर।
यह सब क्या है?
मैने पूछा!
जवाब मिला।
तनाव है।
यह ज़्यादा होने का तनाव है
या कुछ न होने का?
चलो तुम्हें जीवन दिखाऊँ!
फ़्लाइओवर के नीचे बसी,

ज़िंदगियों से मिलवाऊँ।
ट्रैफ़िक लाइट के पोल के पास खड़े,
माँओं की माँगती,
हथेलियों को दिखाऊँ।
भूख से बिलखते बच्चों की,
चीत्कार सुनवाऊँ।
उम्र से झुकी देह को खेतों में,
फावड़ा चलाते दिखाऊँ।
ग़रीबी और बबेसी का मंज़र दिखाऊँ।
रोटी पाने का तनाव क्या होता है? वह बताऊँ।
अब शायद समझ आ गया होगा।
तनाव कितना सशक्त शब्द है।

37. एक सोच

वह घर
कुछ अजीब सा था।
खिड़कियों में पर्दे नहीं।
दरवाज़ों में ताले नहीं।
दीवारों में बच्चों के बनाए रंग-बिरंगी
चित्रकारी।
फ़र्श साफ़-सुथरी चटाई बिछी हुई।
जूते बाहर उतारे हुए।
एक कमरे में हारमोनियम, सितार और तबला।
उसी में कृष्ण विराजे हुए।
न्यूनतम साज-सज्जा।
प्रथम दृष्टि में अति साधारण।
यह सब देख हर व्यक्ति की तरह,
मैं भी भ्रमित हो गयी।
मेरी पदचिन्ह की आहट सुन,
गृहस्वामिनी बाहर आयी।
सूती खादी की साड़ी पहने।
मोहक मुस्कान और दमकता चेहरा।
मैं सकपका गयी, मानो कोई चोरी
पकड़ी गयी।

मैंने आने का मक़सद बताया।
सुनकर वह कुछ गम्भीर हो गयी।
बोली मैं आपको क्या सिखाऊँ?
मेरी ज़िंदगी में कुछ विशेष नहीं घटा।
बस! मैंने विलासिता से सदा के लिए,
नाता तोड़ दिया।
मैं अब बिना कुछ साज-ओ-सामान के,
जीवन जी रही हूँ।
अनाथ बच्चों की परवरिश कर रही हूँ।
जीवन ने यही सिखाया।
संचय से बड़ा कोई दर्द नहीं।
जो कुछ बटोरा उसे बाँट दो।
ज़रूरतों को समेटने का प्रयास करो।
अब मेरे पास समय बढ़ गया है।
जिसको निद्रा में नहीं जाग्रत होकर बिताती हूँ।
बस यही सूक्ष्म मंत्र है जो अपनाती हूँ।
उससे मिल कर मेरा विचलित मन,
हल्का हो गया।
मैंने भी अपने को समेटने का फ़ैसला,
है किया।
घर को दुकान नहीं है बनाना।
बस एक आम के पेड़ की छाँव से,
उसे है सजाना।
वाक़ई ज़रूरतों की कोई सीमा नहीं।
शायद!
विलासिता से किनारा करने वाला ही त्यागी।

38. प्रेम या आदत

उसने डबडबायी हुई आँखो से कहा,
मुझे तो लगा था उन्हें हमसे प्रेम है।
मैने पूछा! लेकिन तुम्हें क्यूँ लगता है
नहीं है।

वह बोली—
यह उसका प्यार था,
कि मेरी आदत-सी उसे हो गयी थी।
क्या मेरा यह वहम था कि मेरी,
ग़ैरमौजूदगी उसे तनहा कर देगी?
या मेरे सलीके-सी सजायी बिना सिलवट वाले
चादर की आदत उसे हो गयी थी।

मेरे गले की आवाज़ का जादू था,
या मेरे हाथों की बनी मीठी चाय की तलब,
कि आदत सी उसे हो गयी थी।
कई बार प्यार और आदत एक हो जाते हैं।
हम आदतन आदत को प्यार का नाम दे बैठते हैं।

मैंने कहा—
जब प्रेम आदत में तब्दील हो जाता है।
तो समझ लो उसकी उम्र सौ गुना,
बढ़ जाती है।
नहीं तो प्रेम किताबों में बंद सूखे हुए फूल की तरह ही रह जाता है।

39. वह बड़ी आँखों वाली लड़की

वह बड़ी आँखों वाली लड़की।
उम्र होगी यही कोई दस-बारह बरस।
काम था माँ के साथ कूड़ा बीनना।
सड़क किनारे दोनों अकसर दिखती।
बड़ा-सा टाट का झोला लटकाए।
उठाती हुई,
पुरानी प्लास्टिक की बोतल और पन्नी।
घर के नाम पर केवल थी,
एक नीली बरसाती की छत,
कॉलोनी के बाहर दीवार से बँधी हुई।
वह रोज़ सुबह मुझे मंदिर में,
अपने छोटे भाई की उँगली थामे मिलती।
मेरे पूजा के कर्मकांड को अपनी,
बड़ी आँखों से टकटकी लगाए देखती।
मैं जब मन्त्रों से प्रभु का आह्वान करती,
तो वह उनको सुनती और बुदबुदाती।
उसकी वह हृदयभेधती आँखें,
मुझे थोड़ा असहज कर देती।
उसके पूरे अस्तित्व में एक
अजब-सी अकड़ थी।

न ही कुछ पाने की ललक।
न ही कुछ खोने का भय।
कभी-कभी वह मंदिर की सीढ़ियों में
बैठी दिखती।
किताब कॉपी कलम के साथ।
एक दिन मैंने हिम्मत करके पूछा।
तुमको कुछ चाहिए?
वह मुस्करा कर बोली,
हाँ!
एक छोटा-सा चाँद।
एक धूप का कोना।
एक छाँव का पेड़।
एक चमन जिसमें हो,
फूलों-सी लदीं बेल।
एक गुड़िया का घर।
क्या आपके पास है,
इसमें से कोई,
जो हो जाए हमेशा के लिए मेरी?
उसका उत्तर सुन!
हो गयी मैं निरुत्तर।
इस बात को।
कई साल गए हैं बीत।
फिर भी!
अकसर मुझे याद आती है।
वह बड़ी आँखों वाली लड़की।

40. मेरे जाने के बाद

आज जब मैं,
तुम्हारे बीच नहीं,
तुम बहुत याद आए।
मैंने चुपके से तुम्हारी,
अलमारी में बंद डायरी पढ़ ली।
काश! जो तुमने मेरे लिए लिखा,
वह मुझको भी सुना देते।
मेरे ताउम्र के गिले-शिकवे,
मेरे जाने से पहले मिटा देते।
मुझे भी अफ़सोस बहुत है।
मैने भी अपना दिल खोला नहीं।
शायद अगर हम
एक दूसरे को बता देते।
अपने जज़्बातों को,
जामा पहना देते,
तों सफ़र और ख़ुशनुमा हो जाता।
मैं अकसर तुमसे मिलने आती हूँ।
यह अलग बात तुम,
हमेशा की तरह मेरी,
आहट को पहचान नहीं पाते।

आज कुछ सीने में बंद,
दस्तावेज़ों को दिखाना है।
बहुत सारे लोगों से,
बहुत कुछ अनकही,
बातों को बताना है।
काश! एक बार फिर मौक़ा मिल जाए।
सबसे पहले यह खुलासा कर दूँ।
बीता समय लौट कर आता नहीं।
बस एक बार सबसे मुस्कुराकर,
दिल से दिल की बात कर लूँ।

41. मैं और मैं

मन कुछ खीज गया है।
इस मैं और मैं से।
एक मैं हर वक़्त आयना दिखाता है।
दूसरा मैं उसको छुपाता है।
एक मैं हमेशा आदर्शों की,
नसीहत देता है।
दूसरा मैं ज़िंदगी जीने का,
अन्दाज़ सिखाता है।
यह दोनों मैं वक़्त-बेवक़्त मानो,
अच्छी लड़की-बुरी लड़की का,
झूला, झुलाते रहते है।
हम ताउम्र इसी कशमकश में फँसे हैं।
एक ख़याल है आया।
किसी एक मैं को कही बंद कर दूँ।
और इस रोज़ की परेशानी से,
तौबा करूँ।
या ऐसा क्यूँ न करूँ।
दोनों मैं की आधी-आधी बात ही सुनूँ?
तस्वीर जो उभर कर आयी।
वह अजीब-सी फ़रमाइश लायी।

या तो सोच लो दूसरों के लिए जीना है।
या बस अपने लिए ही कुछ करना है।
यह कैसा प्रस्ताव?
बहुत सोचा और पाया।
ज़िंदगी तो बस हमसाया है।
अपना निज का कोना
कौन तलाश करेगा?
यही एक हमनवा जो
मैं और मैं की इस कशमकश से,
आज़ाद करेगा।

42. मेरी ख़ामोशी

मेरी ख़ामोशी को मेरी,
कमजोरी न समझना।
इसको मेरी,
ख़ुदगर्ज़ी भी न समझना।

मेरी ख़ामोशी को मेरा,
ग़रूर भी न समझना।
शायद यह मेरा लिहाज़ है।

मेरे ख़ामोशी को,
खोखली रिवायतों का,
हमदर्द न समझना।
मेरी ख़ामोशी ख़ौफ़ज़दा नहीं।

यह सराब भी नहीं।
शायद यह मेरी गरिमा है।
मेरी ख़ामोशी चिर स्थायी भी नहीं।
अपने को समेटने का एक प्रयास है।

यूँ समझ लो आफ़ताब है।

बस एक शरर का उसे इंतज़ार है।
मेरी ख़ामोशी को कभी,
प्यादा समझने की भूल न करना।
यह सिर्फ़ मेरी और सिर्फ़ मेरी
शख़्सियत से बावस्ता है।

43. एक गुत्थी

एक शरीर।
एक आत्मा।
एक दिल।
एक मस्तिष्क।
एक ज़िंदगी।
हज़ारों अभिलाषाएँ!
कैसे सामंजस्य बनाऊँ?
किसको पकड़ूँ?
किसको छोड़ूँ?
किसको मन में बसाऊँ?
एक क्षण जो बीता गया,
वह फिर वापस न बुला पाऊँ।
एक सूरज या,
अनेक सूरज।
एक चंद्रमा या,
अनेक चंद्रमा।
एक ईश्वर या,
अनेक ईश्वर।
या उसके विभिन्न रूप,
यह गुत्थी कैसे सुलझाऊँ?

एक ब्रह्मांड या,
अनेक ब्रह्मांड।
यह कैसे पता लगाऊँ?
सोच-सोच कर हूँ हैरान।
क्या सब चुपचाप भूल!
दिनचर्या में रम जाऊँ?

44. मैं यहीं

मैं कण-कण में।
मैं क्षण-क्षण में।
मैं मलय में मैं।
मैं वन-वन में।
मैं पुष्पों में।
मैं सुरभि में।
मैं पक्षियों के कलरव में।
मैं जल में।
मैं हर तरंग में।
मैं रश्मि-रथ में।
मैं चंद्र किरण में।
मैं पर्वत श्रृंखला में।
मैं नभ में।
मैं थल में।
मैं बादलों के हुड़दंग में।
मैं मंदिर के कलश में।
मैं श्मशान की अग्नि में।
क्यूँ मारे फिरते हो?
मैं तो तुम्हारे मन-स्थल में।
बस एक हृदय से पुकार करो।

समर्पण का भाव धरो।
फिर चमत्कार देखो!
तुम मुझमें मैं तुममें।

45. ज़रूरी क्या?

कभी-कभी एक साथ बहुत सारे ख़्याल आते है।
दिल को समझ नहीं आता किसे पकड़े,
किसे छोड़े?
कभी कभी बहुत सारे रिश्ते याद आते हैं।
दिल को समझ नहीं आता किसे भूले, किसे सँजोये।
कभी-कभी बहुत सारी ख़ुशियाँ एक साथ धावा बोलती हैं।
समझ नहीं आता किसे बाँटे? किसे छिपाए?
कभी-कभी ग़म भी घेर लेते हैं।
समझ नहीं आता साझा करे या अकेले
सह ले।
यह कशमकश कोई नयी तो नहीं?
फिर आज यह प्रश्न क्यूँ आया?
इस दुनिया के बदलते दस्तूर ने बहुत कुछ सिखाया।
अहसास दिलाया ज़िंदगी में केवल अपनों का साथ ज़रूरी है।
आलीशान मकान, सजावट का बेशक़ीमती समान की
अहमियत कुछ नहीं।
जीवन में अगर कुछ जोड़ना है, तो रिश्तों से जुड़ो।
प्रकृति को देखो!
हाथी हो या चींटी एक साथ रहते है।
अच्छा हो या बुरा झेल लेते है।

46. यह जीवन क्या है?

एक प्रश्न जो हमेशा उठता है,
हम मरने के बाद कहाँ जाते हैं?
क्या यही आस-पास रहते हैं।
या कोई नयी नगरी है।
जिसमें बसाए जाते हैं।
क्या तुरंत जन्म लेते हैं?
या करमों का प्रायश्चित करते हैं?
क्या अपने साथ हुए धोखे या,
मक्कारी को पहचान पाते हैं?
और क्या किसी को दंड दे सकते हैं?
यह तमाम प्रश्नों के उत्तर,
कहीं नहीं मिलते।
इसका मतलब हम शून्य में जी रहे हैं।
कब जाना पड़े नहीं पता।
कहाँ जाना है नहीं पता।
तो फिर मस्त होकर क्यूँ नहीं रहते?
इतना प्रपंच क्यूँ करते है?
संतोष क्यूँ नहीं?
यह सब इसलिए की,
हम श्मशान वैराग्य की

अवस्था में जीते हैं।
जब कभी कोई दु:खद हादसा होता है,
हमें कुछ पल के लिए सब व्यर्थ लगने लगता है।
पुनः जल्दी ही हम वापस,
जोड़-तोड़ में लग जाते है।
जीवन अगर मेहमान की तरह,
जिया जाए तो अच्छा है।
खुश होकर यह समझते हुए,
यह स्थायी निवास नहीं।

47. एक दुआ

आज फिर ईश्वर से
एक दुआ की।
इतनी सुंदर धरती बनायी।
बिन माँगे बहुत कुछ दिया।
लेकिन अब थोड़ा रहम दिखाओ।
जो प्रलय मचा रही है।
उससे सबको बचाओ।
इस त्रासदी को दूर करो।
मायूसी और डर को हर लो।
माना हमने प्रकृति की,
क़दर नहीं की।
अहंकार में जीवन शैली बदल दी।
ग़लतियों को क्षमा करना है।
तुम्हारा बड़प्पन।
नासमझी करना हमारा दस्तूर।
ईश्वर अब दया करो।
मानवता को बचा लो।

48. शहर की बात

एक शहर!
जो रात को सोता नहीं।
फिर भी सुबह अलसाता नहीं।
उस शहर की धड़कन!
दिन भर गाड़ियों का शोर-शराबा।
आदमियों का बोला-बाला।
ट्रेन ठसाठस भरी हुई।
कई लोगों की ज़िंदगी,
उसी में थी बीतती।
घर के नाम पर एक कोना,
फिर भी चेहरों पर शिकन नहीं।
आँखों में हज़ार सपने सँजोये,
चाल में उमंग दिखती।
हर कोई अपनी धुन में,
गीत गुनगुनाता।
एक शहर रात को सोता नहीं था।
अमीर हो या गरीब,
सबको आग़ोश में लेने को,
रहता बेक़रार।
लेकिन!

इधर कुछ महीनों से ख़ामोश है।
हर तरफ़ बस तोहमतों का शोर है।
क्या किसी की नज़र लगी?
दरिया भी कुछ लगे दुःखी।
शहर को इंतज़ार है।
उस सहर का!
जब ज़िंदगी फिर से मुस्कुराएगी,
रौनक़ वापस आ जाएगी।
उम्मीद वह दिन जल्दी आएगा!

49. दिल क्यूँ उदास है?

कुछ तो है, जो कुछ अजीब है।
सब इर्द-गिर्द है फिर भी,
दिल कुछ उदास हैं।
लोग कहते हैं, हवा में कुछ है।
जो खुली आँखों से नहीं दिखता।
लेकिन लोगों को,
अपनी आग़ोश में,
भरने के लिए बेताब है।
यह मंजर हमें नाउम्मीदी की,
तरफ़ है बढ़ा रहा।
किसी ख़ैरनुमा का दिल पसीजा होगा।
उसकी तलाश है।
वक़्त किसी के लिए रुकता नहीं।
बस इसी बात से तबीयत नासाज़ है।
हम तो जमाने के हैं, वह किरदार।
जो इबादत के साथ है।
फिर भी न जाने क्यूँ दिल कुछ उदास है।

50. मुझे ग़लत मत समझना

मुझे ग़लत मत समझना!
मैं इंतज़ार नहीं करना
चाहती हूँ।
मैं एतबार भी नहीं करना
चाहती हूँ।
मैं ज़िंदगी का कोई कर्ज़ नहीं
रखना चाहती हूँ।
मैं किस्मत की डोर से भी नहीं
बँधना चाहती हूँ।
मैं किसी झूठे वादों की कशिश में भी
नहीं जीना चाहती।
मैं रुसवाई के बारे में भी नहीं
सुनना चाहती हूँ।
मैं बस आज़ाद पंछी की तरह
उड़ना चाहतीं हूँ।
मैं मजलिसों की उन्माद का
हिस्सा नहीं बनना चाहती हूँ।
मैं मन को बेपरदा करना चाहती हूँ।

मैं केवल रूह से रूह तक,
पहुँचने का रस्ता तलाश कर रही हूँ।
मेरी यह चाह कोई बेमानी तो नहीं?
मुझे ग़लत न समझना!

51. मेरा फितूर

सुकून को ढूँढा मैंने आप।
यह मय्यसर नहीं दुकानों में।
मैने तय करे कई पड़ाव।
पहाड़ों की बर्फ़ को छुआ।
रेत की चिंगारी से जलाया हाथ।
माँझी को कश्ती में बैठा।
छोड़ कर आयी भँवर के पास
मैंने जंगलों को भी खंखाला।
पंछियों से माँगा उनका साथ।
यह सफ़र हुआ नहीं ख़त्म।
मंज़िलों की तलाश,
अगर होती आसान।
तो अश्क़ न होते फ़ना।
लेकिन शिद्दत हो तो।
उम्मीद नहीं होती जुदा।
कुछ चीजों पर मेरा,
इख़्तियार नहीं।
लेकिन जब,
मैंने रूह से कर ली है कुर्बत।
अब किसी को खोने का ग़म नहीं।

किसी को पाने की तमन्ना नहीं।
बस उस रहनुमा की तलाश है।
जिसने इतनी इनायतों से नवाज़ा मुझे।
तुम समझ लो इसे मेरा फितूर।

52. मुहब्बतनामा

उनकी बदसलूकी की वजह से,
हमने उन्हें दिल से बेदख़ल कर दिया।
फिर भी मेरी हर शिकस्त को,
महफ़िल में अपना दर्द बताते है।

हम तो वही खड़े रह गए,
उन्होंने ही नए रस्ते तलाश करे।
अब यह तोहमत लगाते है,
हमने उनका साथ नही दिया।

मुहब्बत जब तक मुकम्मिल नही होती
ख़्वाब देखती है
मुकम्मिल हो जाती है तो दिनचर्या बन
जाती है।

मैं कोई फ़रिश्ता नहीं।
ख़ुदगर्ज़ इंसान समझ लो।
हमसे मुहब्बत एक तरफ़ा नही होती।

मेरे ईमान को परखना हो,
तो मेरे जैसे से ही परखना।
किसी रसूख़ वाले के ईमान में,
मेरी जितनी शिद्दत नही पाओगी।

मैं तुमसे इसलिए ख़फ़ा नहीं,
तुमने मुझसे बेमानी करी।
मैं अपने दिल की मजबूरी से ख़फ़ा।

यह मुहब्बत भी क्या चीज़ है।
जो मुहब्बत का साथ न दे।
वह कितना भी अपना हो।
दुश्मन लगने लगता है।

दिल घबराए तो।
यह न समझ बैठना।
मुहब्बत नही मिली।
वह वजह है।
मुकम्मिल मुहब्बत भी।
वजह हो सकती है।

यह मुहब्बत भी अजीब है।
कम उम्र में दिल हारता है।
बड़ी उम्र में दिमाग़।

एक हम है।
जो मर मिटे।

एक वह है।
जो अपने हौसले-अफजाई से ख़ुश है।

बदलते हालातों से हमने
समझौता है किया।
एक बार फिर से,
अपने आप से इश्क़ है किया।

53. न जाने क्यूँ?

न जाने क्यूँ?
कुछ यादें हमेशा !
मुस्कुराहट लाती हैं।
कुछ यादें आँसू बन कर,
बह जाती है।
कुछ रिश्ते संजोये जाते हैं।
कुछ रिश्ते टूटने के लिए ही
जुड़ते हैं।
कुछ लोग बस एक बार मिलते हैं!
लेकिन अपने लगते हैं।
कुछ रोज़ दिखते हैं।
फिर भी पराए लगते हैं।
कुछ जगह हर शहर में होती है।
लेकिन फिर भी।
न जाने क्यूँ?
केवल अपने शहर की ही भाती है।
यूनिवर्सिटी की लाइब्रेरी।
नुक्कड़ वाली चाय की दुकान।
शहर के खाने का स्वाद।
सड़क के किनारे खड़े पुराने पेड़।

वह चिलचिलाती धूप।
वह ठिठुरने वाली सर्दी।
वह पटरी वाला मोची।
ठेला खींचता पुराना सब्ज़ी वाला।
वह रंग उतरी खंडहर हो चुकी हवेली।
गलियों के बीच खड़ा,
वह प्राचीन शिवालय।
न जाने क्यूँ?
यह सब यादें हमेशा!
मुस्कुराहट लाती हैं।

54. मौक़ापरस्त

लोगों की अजीब दास्ताँ है।
बात अपनी हो तो भी,
सहारा ग़ैरों का लेते हैं।
किसी के दर्द को महज़,
दिखावे के लिए,
अपना बना लेते हैं।
मौक़ा मिलते ही उसको,
सरेआम बाज़ार में बेच देते हैं।
समझ आ गया दुनिया में कोई,
ख़ैरनुमा नहीं होता।
यहाँ!
सिर्फ़ मुफ़लिसी का दाम है।
कोई मुरव्वत नहीं करता।
जज़्बातों को नीलाम करता है।
जो बड़े-बड़े नाम वाले लोग हैं,
वह महज़ क़िस्सों को भुनाते हैं।
यह जो दरियादिली दिखाते हैं,
उससे केवल अपनी शोहरत बढ़ाते हैं।
यह शहर अजीब है!
यहाँ बेवक़ूफ़ बनाने के पैसे मिलते हैं।

सम्भाल कर रखना अपने आप को।
कहीं तुम धोखा न खा जाओ।
दर्द की कहानी को सच न समझ जाओ।

55. दिल मानता नहीं

यह दिल भी बड़ा टेढ़ा है।
दिमाग़ की कोई भी बात को मानता नहीं।
इसने तो मानो ठान ली है।
यह दिमाग़ भी कम पेचीदा नहीं।
दिल की कोई बात को भाव ही नहीं देता।
कल की एक बात बताऊँ?
मैंने पुराने डायरी के पन्ने पलटें।
कई सारी यादों से दिल भर आया।
दिमाग़ ने तुरंत ताना मारा।
ज़िंदगी में कुछ अलग करना चाहती हो,
तो बेकार की पुरानी यादों से दूर रहो।
सुनकर! दिल हौले से मुस्कुराया।
बोला—भावों के बिना जीना भी किस काम का?
माना बहुत कुछ भौतिक हासिल हो जाएगा।
क्या ख़ुश रह पाऊँगी?
इस कशमकश ने तो जीना कर दिया है दूभर।
सोचा!
या तो दिल के अनुसार चलो।
या दिमाग़ के साथ हो लो।
दो क़िश्ती में पैर रखकर।

नय्या नहीं होती है पार।
जीवन को कैसे जीना है?
इस पर केवल तुम्हारा इख़्तियार।
लेकिन दिल तो,
फिर भी मानता नहीं।

www.ingramcontent.com/pod-product-compliance
Lightning Source LLC
LaVergne TN
LVHW051113051026
849532LV00004BB/1536
* 9 7 8 9 3 9 0 5 0 0 2 2 2 *